화본역

황금알 시인선 259
화본역

초판발행일 | 2022년 12월 24일

지은이 | 전병석
펴낸곳 | 도서출판 황금알
펴낸이 | 金永馥
선정위원 | 김영승 · 마종기 · 유안진 · 이수익
주간 | 김영탁
편집실장 | 조경숙
표지디자인 | 칼라박스
주소 | 03088 서울시 종로구 이화장2길 29-3, 104호(동숭동)
전화 | 02)2275-9171
팩스 | 02)2275-9172
이메일 | tibet21@hanmail.net
홈페이지 | http://goldegg21.com
출판등록 | 2003년 03월 26일(제300-2003-230호)

화본역

전병석 시집

황금알

우연히 세상을 향해
작은 창 하나를 내었습니다.
이름하여 시입니다.
이것으로 "사자"처럼 질문하며
"어린아이" 되기를 꿈꾸며
세상의 "선함과 진실함"을 탐구하고 있습니다.

오늘까지는 즐겁습니다.
내일은 모르겠습니다.

차 례

2부

3부

4부

1부

화본역*

화본역 대합실에 앉았다
떠남의 설렘이나
마중의 기쁨은 없다

기차를 타지 않으면서
기차를 기다리는 사람들은
아이스 아메리카노를 마신다

기차는 가끔 화본역을 향해
스치듯 손을 흔들고
카메라를 향해 오래 웃는다

서울처럼 기차에 실려 가던
그 절절한 희망과 꿈은
어디에서 타는지

전쟁처럼 기차에 실려 오던
그 많은 눈물과 그리움은
어디에서 내리는지

한때 빛났던 모든 희망 같은 슬픔
진심이 찍힌다면 화본역은
카메라 앞에서 웃지 않으리라

어떻게 기다릴까 마지막 기차
화본역은 카메라를 든 사람들처럼
아메리카노를 마시지 않는다

* 경상북도 군위군에 있는 간이역

용연사 가는 길 따라

오는 길이 환한
용연사 가는 오래된 길 따라

벗꽃은 한 송이 한 송이
힘을 다해 피어나

한 잎 한 잎
진심을 다해 떨어진다

바람을 기다려 보면 벗꽃은
오히려 떨어질 때 더 진심이다

기억해보라 사랑 같은
절정에서 떨어졌던 모든 것은

정말 진심이지 않았던가
그래서 황홀하지 않았던가

오는 길이 환한
용연사 가는 오래된 길 따라

미루나무 숲에서

하늘로 구름꽃을 들어 올릴 만큼만
바람이 불어도

잎들은 햇살에 반짝이는 강물처럼
하나씩 흔들릴 때

아, 가만히 두면
모두 하늘로 올라갈 것 같아

잎 무성한 가지에서
방금 입을 맞춘 새들이 날아간 하늘로

잎들도 서로 반짝이며 입 맞추고
새들을 따라갈까

치마를 올릴 듯 말 듯 하는 바람에도
하늘로 올라가고 싶은 미루나무 숲에서

그리운 사람들인 양
미루나무를 바라보는 기쁨이여

보리밭에서

지구는
푸른 별이라매
그럼 지구에서 사는 우리는
별에서 사는 거잖아
그런데
별에서 온 사람이니
별에서 살고 싶다니 하는
말들은 무슨 말이야
별에서 살면서
다른 별을 그리는 것은
사람들의 절망적 욕심이지
친구야,
다른 별이 아닌
이 별에서 이별할 때까지
종달새 원앙금 펴는
보리밭 같은 별밭 이루어
푸르게 푸르게 출렁이다
누렇게 누렇게 일렁이면
좀 좋겠니

백두산 천지

야훼 하나님의 얼굴을 본 자는
정녕 죽어야 하지만
아, 기뻐서 울음이 터져 나온다
세상에 무슨 풍경이 더 남아 있을까
무슨 신비가 더 남아 있을까

나무처럼 숲처럼

햇살이나 함박눈
안개비가 내리는 날이 아니어도

바람에 흔들리는 나무의 풍경은
황홀하다, 깊게

숲이 파도처럼 출렁일 때는
전율한다, 아득히

왜 몰랐을까
헤아릴 수 없는 바람 앞에서
미동도 안으려 버렸던 사람아

바람 앞에서는
나무처럼 숲처럼
흔들려야 하는 것을

바람 앞에서는
출렁거리는 모든 것이

황홀한 전율인 것을

.

팔공산은 묻지 않는다

부러워했었다
평일 대낮에 산속을 걷는 사람들은
전생에 무슨 공덕을 쌓았나
늦게 알았다 형이 아프고 산에 가면서
평일의 산은 아픈 사람들의 피난처임을
산은 병病에게 묻지 않는다
몸이, 마음이 어떻게 아픈지
학벌은 어떤지 어느 동네에서 사는지
무슨 일을 하며 밥을 먹어왔는지
그냥 받아주고 동행이 될 뿐이다
밥때가 되어 배낭에 지고 온
맛깔스러운 병을 꺼내 놓으면
내께 니 꺼고 니께 내 꺼다
다시 웃으며 걸어도 여기저기
비 그친 후의 독버섯 같은 병들
다 이해도, 품을 수도 없지만
산은 병을 묻지 않는다
함께 걸을 뿐이다

비슬산의 참꽃

눈이 함빡 내리는데
난데없이 참꽃의 안부가 궁금하여
비슬산을 오른다

봄날의 황홀했던 꽃바다
비슬산 정상은 눈꽃이 피어
다시 아득한 바다다

아, 꽃은 한 계절을 피는 게 아니구나

보여주고 싶지 않아라
눈 내리는 비슬산의 참꽃

의자와 금계산

퇴근하면서 창 쪽으로
의자를 돌려주었다
온종일 모니터 속에서
사람이 어떻게 밥을 얻는지
함께 몸이 마음이 아팠을
의자를 창 쪽으로 돌려주었다
창 너머는 금계산이다
금계산은 어둠 속에서
토닥토닥 숲을 재우고
숲은 고른 숨으로 새들을 재우고
새들은 새근새근 별들을 깨우고
별들은 잠 못 드는 영혼들을 맑힐 것이다
혼자 먹는 저녁이 끝나면
금계산으로 마실을 가거나
찾아오는 별들과 밤을 새우게
창문을 걸지 않고
약간의 커피도 내려두었다
내가 사라진 밤의 일을 나는 모를 일이다
의자가 자리를 내어주는지

금계산이 품을 내어주는지
별들에게 물어볼 일이다

교항리 이팝나무

교항리 이팝나무는 한때
보리쌀도 삶지 못하는
어미의 눈물 꽃이었습니다

배고픈 아들에게는
공갈 젖꼭지 같은 위안이었습니다
활짝 피어날수록 슬픈 이야기였습니다

'나는 암만 봐도 이밥 같다'는
당신을 마지막으로
이제는 진짜 꽃이 되었습니다

5월 마음이 춘궁기 같은 사람들을
환하게 배 불리는 꽃이 되었습니다

처녀 적 당신만큼이나 사랑받는
이제는 암만 봐도 눈꽃처럼 빛나는
진짜 꽃이 되었습니다

하늘 아래 더 없이
아름다운 풍경, 꽃이 되었습니다

목련꽃

하얀 목련꽃 피는 봄
그대에게 선물하고 싶습니다

그 봄에 그대가
자전거 바퀴에 바람이 쑥쑥 들어가듯이
튀밥이 펑펑 터지듯이

오직 파란, 파아란 하늘을 향해
부풀어 행복한 모습 보고 싶습니다

사방 가득 겨울이라도
하늘로부터 오는 봄을 믿어

겨울부터 설레는
목련꽃, 그대이면 좋겠습니다

호박꽃 같은

호박꽃도 꽃이가
니가 이래 말했제
그럼 이렇게 물어볼게
니도 사람이가
···················
이제 알겠나
미안하다 해라
호박꽃 같은 모든 존재에게

호박꽃은 꽃이다
호박에 핀 꽃이 아니라
호박을 낳는 멋진 꽃이다
니는 낳은 적 있나
호박처럼 맛있는 것
환대해라
'쿠사마 야요이'*처럼
호박꽃 같은 모든 존재를

* 1929~, 조각과 설치미술가, 화가, 행위예술가

야생 나팔꽃

고개를 숙이지 마라
네 목숨을 꺾는 손이 오더라도
뜻하지 않은 방향에서 바람이 불더라도
네 몸에 내린 이슬 떨어뜨리지 마라
너는 비탈에서도 반듯하게 꽃 피웠나니
그냥 지나가다 머무는 사람을 믿지 마라
그리움을 모르는 사람이다
때로 너와 아침볕으로 다투었을지라도
네 눈빛을 닮은 옆자리 꽃을 사랑하여라
적어도 그네는 그리움을 아는 사람이다
비탈 아래 저 강물은 결국 바다에 이를 것이나
야생에 남은 네 그리움은 언제 하늘에 닿을까

장미

장미는

고운 생각을 할 때
꽃이 피어나고

미운 생각을 할 때
가시가 돋아난다

당신은 어떤가요

꽃이 많은가요
가시가 많은가요

그렇지만 그래서

가만히 잘 봐
꽃이 가지에서 떨어질 때는
꽃도 엄청 무서워
꽃잎이 하롱하롱 지지

그렇지만
눈은 절대 감지 않아

그래서
열매가 있지
내일이 있지

2부

줄넘기

지구가 수평선을 돌리면
아침 해가 환하게 넘는다

바람이 바다를 돌리면
파도가 힘차게 넘는다

연이어 돌고래, 숭어, 망둥어……
당신과 나, 그대
단체로 줄을 넘는다

때로 걸려서 넘어질 때도
아침 해는 눈부셨고

나와 당신, 그대는 노래를 불렀고
돌고래는 하늘로 솟았다

줄을 넘기도 하고
줄에 걸리기도 하지만

돌리는 사람과
넘는 사람 사이에

수평선 같은, 바다 같은
그런 마음이면 된다

어떤 인문학적 제안

은행에 가면
제일 먼저 번호표를 뽑아야 한다

그럼 나는 숫자가 되어 띵동
내 번호가 뜨기를 무심히 기다린다

번호는 차례일 뿐 어떤
의미도 없다

이런 제안은 어떨까
번호표 대신 단어표
감사, 사랑, 평화, 배려……

그럼 순간 나는
감사가 되고 사랑이 된다

기다리는 순간에도
생각하는 사람이 된다

아, 저 사람은 평화였구나
오, 저 사람은 배려였네

그런 사람들이 세상 속으로
걸어 나가는 모습을 상상해 보라

띵동 띵동
세상이 출렁이지 않겠는가

아버지 같은 사람 없어요

차가운 초겨울 저녁
자판기에 오백 원을 지불하고
커피를 샀다

사실은 커피가 아니라
따뜻함을 사고 싶었다

성생활에 필요한 것부터
시원한 사이다까지
모든 것을 파는 자판기에서

따뜻함을 거래할 수 있다면
대박이 날 텐데

생각은 여기까지 자라는데
큰 녀석이 말한다
"아버지 같은 사람 없어요"

시간이 갈수록 커피 같은 것보다

감정을 사는 사람이
많아질 것 같지 않아

나는 그런 확신이 커 가는데
막내마저 약간 무시한다
"아버지 같은 사람 없어요"

물을 사 먹는 시대를 누가 생각했을까
오염된 마음들로 괴로워하잖아

내 눈에는 보이는데 자판기에서
사랑을 사고 따뜻함을 뽑아 쓰는 시대가

문제는

내가 가깝게 지내는
사람들이 참 따뜻한 집안인데

할아버지가 대머리이시고
아버지가 약간 대머리이시니
그 아들도 대머리 조짐이 있다

문제는 그 아들이
한창 연애할 나이에

머리카락이 쑥쑥 빠져서
스트레스가 어마무시하다는 거다

그 아버지는
안쓰럽고 미안하기도 하지만
뾰족한 수도 없잖아

문제는 이 사람아,
따뜻한 마음이면 되지 않을까

시골 학교에서 강사 선생님 모시기

안녕하세요 선생님 경서중학교 교무부장입니다 우리 학교 선생님께서 이미 전화와 문자를 드렸지만 절박한 상황이라 제가 또 연락을 드리게 되었습니다 다음 주 우리 학교에 와 주시면 정말 큰 도움이 될 것 같습니다 중3 학생들이 2주 동안 제대로 역사 수업을 못 받을 상황이 너무 안타깝습니다 먼 거리라 송구합니다만 학교 상황, 학생들 상황을 살펴주시고 마음을 내주시면 학교로서는 정말 감사할 따름입니다 우리 학교 학생들은 착하고 수업 태도가 좋아 선생님을 힘들게 하지는 않을 것입니다 꼭 연락 주십시오 감사합니다

코로나 상황에서 교무부장님 수고하십니다 그렇게 말씀하시니 집이 경산이지만 제가 도와드려야 할 거 같네요 다음 주 월요일 경서중 교무실로 가겠습니다

아직 이런 '주고받기'를 하는 '병태와 영자'가 있습니다 그래서 아이들은 수평선 너머로 지평선 너머로 하늘 너머로 달려갑니다 바보들을 따라 행진합니다 내가 아무리 돌 같은 사람이라도 오늘은 마애불로 웃습니다

* 경서중학교는 달성군 옥포읍에 위치함.

효목동 500번지

청춘들이 청춘을 묻었던
효목동 500번지

그 땅에 서면
심장이 뜨겁다

막걸리에 돼지껍데기를 안주하여
울고 웃으며 사랑했던

국길이 성섭이 경숙이 연해 성열이는……
어디에서 꽃으로 살까

화영이 보영이 정혜 정옥이 혜숙이는……
누구의 나무가 되었을까

기쁨과 눈물, 마지막으로
학교 종을 언 땅에 묻었던 1986년

머리 빠지고 허연 우리가

오늘 그때의 순수한 영혼으로 돌아가

지상에서 사라진 효목성실고등공민학교를
추억으로 돌아본다

효목동 500번지, 땡그렁 땡그렁
심장에 새겨진 너와 나의 진실이다

엔타이煙臺의 추억

모래밭 펼쳐진 바닷가에
작은 고깃배 몇 척 줄지어
먼 달빛에 출렁이고

불빛 예쁜 카페에서 사람들
생맥주 몇 잔을 들었을 뿐인데
소리는 커지고
웃음은 많아지고
이야기는 길어지고

다시 돌아올 수 없는 시간은
몇 장의 사진으로 남아
언젠가 풀어 놓겠지
그 밤의 짧은 풍정風情

이별처럼 그리울 것은
아스라한 달빛 바다 윤슬
그 밤이어라

모기 편에 서다

모기는 더럽고 음침한, 창이 없는 반지하 물웅덩이에서 찐하게 사랑을 한다 어린 것들에게 싱싱한 피 한 방울 먹이려고 목숨 건 비행을 한다 최루탄 같은 연기도 질긴 나이론 모기장도 뚫었지만 모기향, 전기충격기, 에프킬라 같은 무조건 죽이려고 들이대는 대량살상무기에는 어찌해볼 방법이 없다 이스라엘과 팔레스타인의 전쟁은 비교도 안 된다 어디 호소할 곳도 지원을 받을 세력도 없다 한 방법은 스텔스 폭격기처럼 기동해야 하는데 아직 소리 문제를 해결하지 못했다 더 좋은 방법은 채식으로 식성을 바꾸는 것인데 부족部族의 정체성 문제라 논의조차 할 수 없고 인간처럼 살상 신병기를 만들 수도 없다 새 발의 피의 피도 아닌 것에 너무 흥분하는 인간들과 평화롭게 함께 살면 최고인데…… 답답한 것은 생태계에 가장 치명적인 인간들이 아직도 '모기가 우리한테 해준 게 뭔데?'* 식의 타령을 하는 것이다. 분명한 것은 우리가 없으면 초콜릿도 없고 인간도 없다는 것이다 그래서 우리는 인산의 피를 빤다 인간을 위해

* 프라우케 피셔·힐케 오버한스베르크 지음

43

신호등

그가 초록 등을 켜면
질주하던 자동차는
순식간에 멈춰 서고

사람들은 이쪽에서 저쪽으로
바쁘게 흘러간다

그가 한 번씩 슬쩍
길에서 흐르는 사람들의 애타는
불을 몰래 가져와 붉은 등을 켜면

사람들은 비로소 멈추어
잠시나마 머리 푸른 사람이 되어
자신 같은 자동차를 바라본다

푸르다 붉고, 붉다가 푸른 신호등처럼
삶도 그러면서 깊어지는 것이지만

푸른 등을 오래 켜야 할지

붉은 등을 오래 켜야 할지

황색 등이 깜빡인다

곰팡이

수도관이 터져
도서관 안이 발목 정도 잠겼다

서둘러 물을 퍼내고
햇빛을 들이고
바람이 지나가게
창을 활짝 열었다

아무 일 없었던 것처럼
흔적이 사라졌다
그런 줄 알았다

며칠 지나지 않아
물을 지웠던 서가에
곰팡이가 피어났다

살아오면서 지웠다고 생각하는
부끄럽고 아픈 시간도
시간과 장소를 가리지 않고 피어난다

환영하는 사람 없는 곰팡이처럼
어떤 아픈 삶의 흔적도
다시 피어난다

우리 안의 곰팡이와의 결별을 위해
매일 창을 열고
햇빛과 바람을 들일 일이다

느슨한 술래

아이들의 하루가
눈밭의 강아지 같습니다
돌보지 않는 풀숲 같습니다
걷어찬 럭비공 같습니다

이러면 안 돼……돼……
아이들은 이렇게 꽃이 되는 중이랍니다

진로 담당 홍 선생은
숨어 자라는 꽃이 놀라지 않게
느슨한 술래가 되어

눈밭에서 풀숲에서
머리카락 보일라 꼭꼭
숨은 꽃을 찾습니다
여드름 같은 고민을 찾습니다

계절은 벌써 저만치 가느라
바빠도 느슨한 술래는

숨은그림 같은 아이들의 하루를
보물처럼 찾습니다

길고양이 딜레마

길고양이가
개구멍 옆 향장목 구멍 안에
무려 새끼를 세 마리나 낳았다

새끼들이 바로 파고들어 젖을 빠니
어미는 금세 비 빠진 먹구름처럼 꺼칠하다

지켜보던 선생이 어미에게 밥을 주니
경계도 없이 허겁지겁
새끼들은 인기척에 구멍으로 줄행랑이다

어느새 사람과 분위기를 알아챈 어미는
친정 온 딸처럼 한껏 게으르게 먹고
팔자 늘어지게 잔다

새끼들도 눈알 반짝이며 바깥을 흘기다가
기회가 나면 눈칫밥을 먹는다

이를 어떻게 하나

새끼가 자라면 떠날 줄 알았는데
교정을 어슬렁거리며 주인 행세니

한 무리의 사람들이 수군수군한다
"고양이가 전염병이라도 옮기면 어떡하나"

아직 새끼를 입양할 사람도 없는데
길고양이 가족은 보내야 하고

향장목은 참 난감하다

떡볶이와 불 닭발

일이 아니라
사람들과 갈등할 때

내 마음은
신림동 떡볶이거나
신천동 불 닭발이다

잘 섞이지도 못한 마음이
잘 생기지도 못한 마음이
맵기는 말로 다 못한다

소주 한잔 걸치며
잘근잘근 씹다

닭발 같은 그 사람 불러내어
떡볶이처럼 섞다 보면
오묘한 불맛이 있어

오늘도 어제처럼

떡볶이와 불 닭발에
길게 한잔이다

악몽

막 잠들었는데 뱀이 내 입에서 꼬리에 꼬리를 물고 나
와 미친 듯이 막대기로 대가리를 날렸다 그러다 뱀이 폭
포처럼 쏟아졌다 펑펑펑 울면서 뱀 대가리를 날리는데
뱀 대가리는 피범벅 몸통을 찾느라 아수라장이 되었다
몸통을 찾지 못한 대가리가 내 목구멍으로 끊임없이 거
꾸로 쳐들어온다 일찍 돌아가셔서 기억에도 가물가물한
아버지는 내 옆에서 몸을 찾은 뱀들을 숯불 위에 무심히
올려 뒤집는다 숯불 위 뱀들이 숯불에서 내려오려고 몸
부림친다 연기와 냄새와 처절한 뒤척임으로 아수라장이
다 어느새 숯불 위에 내가 올리어져 몸을 뒤집는다 아버
지는 먼 산 보듯 보고만 있다 꿈을 깨려고 발버둥친다
꿈이 깨지 않는다

3부

대빗자루

우연히 묶여 비가 되었을 때
저 하늘의 혼돈의 별이나
동해의 들끓는 파도나
지리산의 꿈쩍 않는 고요나
첫사랑 그 사내의 가슴이나
실컷 쓸고 싶었습니다

꿈처럼 살지 못했어도 살아온
거리가 하늘이고 바다고 산이었습니다
그러나 끝내 그 사내의 가슴은 그러질 못하여
눈처럼 쌓인 사랑은 얼음덩이가 되었습니다

이제 노숙자처럼 낡아서
왔던 길을 지우며
돌아갈 길을 쓸고 있습니다
다음 생이 있다면 인연을 바꾸어
그 사내의 첫사랑으로 살고 싶습니다

속물 1

내몽골 시라무런초원에서
칭기즈칸처럼 말을 달리고 나서
양다리를 뜯고
52도 바이주白酒를 마시며
이야기는 온통
주식이다
부동산이다
비트코인이다
이것들이 시라무런초원까지 따라와서
잡초보다 무성하고
말똥보다 퀴퀴하다
마침 날이 흐려 초원 하늘에
별이 뜨지 않아 다행이지
별마저 쏟아졌다면, 부끄러움
어찌할 뻔하였나

속물 2

세종, 서울, 경기……
아파트값이 엄청나게 올랐다
오죽하면 '영끌'이라 하겠는가
언감생심이라 강 건너 불구경하는데
서울 사는 사람이 내게 말했다
녹물 나오는 이십억
속 좁은 아파트가 뭐가 좋아요
선생님처럼 지방에 사는 것이
삶의 질이 훨씬 좋아요
내가 해야 할 말인데
서울 사는 사람이 먼저 말해버리니
어디에서 위로를 받나
화가 만두 솥 김처럼 올라온다
그런데 이게 또 무슨 일인가
세종, 서울, 경기……
여기에 견줄 수는 없지만
지방에서 30년째 사는 우리 아파트도
드디어 오르고 있다
기쁘지만 궁금하지 않나

어떻게 모서리 닳은 지갑 같은 아파트가 오르는지
재건축 소식 때문이란다
아하, 녹물에 칠까지 벗겨진 육십 년 낡은 나도
재건축 허가 신청을 내야겠다
값이 오르면 뭘 할까 벌써 설렌다
설마 아니겠지 '재건축 불가'

이별

우리의 이별이
저 해안 절벽으로 떨어지는 동백으로도
새끼를 보내는 어미 개의 울음으로도
턱없이 모자라 모자라지만
슬픈 얼굴은 하지 말자
어제 바람에 무더기로 자빠졌어도
오늘 바람에 웃고 있는 코스모스처럼
우리 생생히 살아
슬픈 얼굴은 하지 말자

행복한 사람도

지금 행복한 저 사람도
한 걸음만 그 안으로 걸어 들어가면
캄캄한 한밤중이다

그래서 행복은
캄캄한 밤이라야 보이는
별 같은 것인지 모른다

빛은 어둠을 쫓아내어도
어둠은 빛을 빛나게 함으로
빛이 되고자 할수록
어둠은 짙어진다

이제 어둑어둑한 나이에 이르러서
알게 되었다 어떻게
어둠이 빛을 사랑하는지

왜, 빛 같은 무수한 행복한 사람은
스스로 어둠이 되었는지

슬픔은 별빛보다 오래 가도

한 선생이 울고
있는 아이를 안아주고 있다

우연히 본 나는
고양이 걸음으로 지나간다

지금까지 선생이 안아준
아이의 슬픔은 하늘만큼일까

선생이 품어 준
아이의 슬픔은 땅만큼 될까

슬픔은 별빛보다 오래 가도
누군가 안아준 슬픔은
별처럼 빛난다

다도해

외로운 사람이 바닷가에 서서
수평선을 향해 외로움을 던지면
수평선을 넘지 못한 외로움은
솟아올라 섬이 된다
작은 외로움은 작은 섬으로
더 큰 외로움은 더 큰 섬으로
저 많은 다도해의 섬은 외로운
사람이 던진 외로움이다
외로움을 모르거나
외로움을 사랑하지 않는 사람은
섬과 섬 사이에 다리를 놓지만
외로움을 알거나
외로움을 사랑하는 사람은
섬과 섬 사이에 외로움을 놓는다
눈물은 눈물로 위로하듯이
외로움은 외로움만으로 건널 수 있다
다시는 건널 외로움이 없을 때
비로소 외로움은 수평선을 넘어간다

보라, 저 많은 다도해의
외로운 사람이 던진 외로움을

농구 골대

운동장에 있는 농구 골대는 동네에서 농사를 제일 잘하는 이장네 수박 같은 공을 먹고 먹어도 늘 텅 비어있다 밑 빠진 독처럼 살아간다 궁금하다 저 농구 골대는 자기를 관통하는 그 수 많은 공 중에서 꼭 붙들고 싶었던 인연 하나 없었을까 왜 흘려만 보낼까 바닥에 떨어진 공 중에서 다시 튀어 올라 골대에 들어갔다는 공이나 골대 스스로 고개를 숙이고 키를 낮추어 공을 받은 적도 아직은 없다 그럼에도 공중에서 지상으로 내려오지 않는, 아니면 내려오지 못하는 이유가 아직 그런 인연을 기다리기 때문일까 흐르던 물이 고이면 썩는다는 것을 일찍 알아서 어떤 인연도 머무르게 하지 않는 것인지 하나의 인연에 묶이면 다른 모든 인연을 놓아야 하기 때문인지 알 수 없다 그런데도 전에는 그렇지 않았는데 위처럼 아래를 열어놓고 있는 골대를 볼 때마다 왜 청홍사靑紅絲로 묶어 고운 인연 하나 담아주고 싶을까 공중에서 내려와 지상에서 살도록 땅 한 평 반반하게 다져주고 싶을까

흔들바위

친구 승수가 설악산에서
흔들바위 사진을 보냈다

수학여행 때 함께 밀던
추억이 새롭다

아무리 밀어도 흔들릴 뿐인 바위를
사람들은 지금도 밀고 있지만

누가 언제까지 밀어도
바위의 중심까지 밀 수는 없다

삶에서 흔들바위는 무엇일까
굴러 내리지 않는 바위를 밀며 사는 사람이여
굴러 내리려는 바위를 끌어안고 사는 설악산이여

강둑에서

강의 이쪽과 저쪽은
누가 먼저 이쪽과 저쪽이 되었을까

이쪽과 저쪽으로 멀어져
함께 강물을 품자
누가 먼저 말했을까

이쪽을 걷다 보면
저쪽도 어느새 같이 걷고 있어

이쪽에서 자라는 봄을
저쪽에서 보고

저쪽에서 키우는 겨울을
이쪽에서 보고

떨어져야 환하게 서로 볼 수 있음을
누가 먼저 알았을까

아, 강둑에서
이쪽과 저쪽은 함께 가는 것을

뽁뽁이

바깥은 코로나
무시무시한 세상이라
봄이 무색하다
시간이 무료해서
꽃 보러 가지 못해서
참을 수 없는 지경인데
주문한 물건이
뽁뽁이에 싸여 왔다
뽁뽁이는 먹잇감
눌러 터뜨리는 맛이 죽인다
딱, 따딱, 따따딱…….
나도 너도 어쩌면
세상에 가득한 뽁뽁이들
오늘은 운이 좋았으나
바깥은 코로나
무시무시한 세상이라
내일은 몰라
아무도 몰라

발 빠짐 주의

'내릴 때는 승강장과 열차 사이에
발이 빠지지 않도록 주의하세요'
걱정이 잔득한 표정으로
가장 친절한 태도로
휴먼명조체로 바닥에 엎드려 있다
날이 더워서일까
아침부터 마땅찮다
틈을 만들었으니 사과가 먼저 아닐까
틈을 만들지 않겠다 약속부터 해야 하지 않을까
틈을 만들고 빠지지 말라 친절하게
안내 같은 경고를 날리고
그러면 모든 책임은 빠진 사람에게 있는 거다
'내릴 때는 승강장과 열차 사이에
발이 빠지지 않도록 주의하세요'
세상의 모든 틈을 메우는 사람보다
틈을 만드는 사람들이 더 친절하고 살갑다
아침부터 마땅찮다

또 엉덩이를 내리기 전에

엉덩이를 내리고
침을 기다린다

이번 침은 우리하게 아프니까
숨 내쉬고 내뱉고
잘하셨습니다

젊은 한의사는 침을 놓으며
내 삶을 읽어나간다
'다리를 꼬고 앉으시죠'
'비스듬히 기대어 앉으시네'
'몸이 많이 틀어졌어요'

7,80년대를 살아왔던 습관이
아직도 부항附缸 자리처럼 남아
꼬이고 틀어지고 시커멓다

몸이 마음이 제자리로 돌아오려면
불편하고 아파도

이전과는 똑 반대로 살아야 한다

나이를 더 먹어
젊은 한의사 앞에서
또 엉덩이를 내리기 전에

목욕탕

따뜻한 물에 풀어지지 않는 심신이 있을까
목욕탕은 주말의 즐거움이다
탕이라 부르는 곳에서는 합법적으로
다 벗고 걸을 수 있고 누울 수 있다
다양한 몸을 슬쩍 보며 그 삶을 상상할 수 있다
간혹 합법적으로 사람들의 중심을 달아본다
눈대중으로 재어보고 비교도 한다
물론 조심해서 살펴야 한다
찬물에서 막 나왔는지, 사우나에서 나왔는지
은근히 자랑스러워할 때도 있고
남몰래 부러워할 때도 있다
그러다 정신이 번쩍 들기도 한다
합법적이라고 다 할 수 있는 것이 아니라
합법적으로 행한 불법이 많아서
그럴 때는 몸을 닦는다
때밀이로 빡빡 몸이 벌겋게 되도록
그래도 부끄러울 때는 마음마저
퉁퉁 불어 벗겨질 때까지
마지막은 찬물로 합법적인 불법을 씻어 내린다

찬물에 줄어들지 않는 욕망이 있을까
목욕탕은 주말의 즐거움이다

문득 새처럼

새는 지상으로 내려와
종종걸음으로 먹이를 먹고서는
공중으로 날아올라
순간에 몸을 낮춰 볼일을 본다

누구의 머리인지
싼지 비싼지
때도 장소도 가리지 않고
마음대로 싸리하게 싸지른다

순전히 운으로 피했지만
그렇다고 쳐다볼 수 없으니
누가 한 짓인지 알 수 없다

문득 새처럼
누구 누구 누구
폼 나게 싸질러주고 싶은
그런 날이 있다

4부

몽돌 같은

볕이 좋아
바람이 좋아

파도가 밤새 겨울 이불을 빨듯
치대어서 포실포실한 몽돌을 골라

빨랫줄에 널고
집게로 꼬옥 집었다

저녁이 되어
보송보송 잘 마른 몽돌을 걷어
어머니 방에 넣어드렸다

감촉이 좋았는지
몽돌 같은 어머니는
기다리던 연속극도 보지 못하고

촤르르, 차르르 파도에 꿈 씻는
몽돌 소리 내시며
금세 잠이 드셨다

군불

차가운 방에
불을 지피는 사람은 따뜻하다
그 방에 있는 사람들은
오래오래 따뜻하다

아직도 내 안에
작은 따뜻함이 남아있다면
구들목 같은 자리가 남아있다면

초저녁이나 어둑새벽 솔가리에
생가지를 분질러 불을 때며
그 속에 파묻은 감자처럼 새까맣게
새까맣게 타들어 갔던 당신 덕분이다

우리 사는 세상에 아직
데워야 할 구들목 같은 마음들이 많아
연기에 눈물 흘리며 불을 지피던
당신이 계신 곳은 어떻습니까

늦가을 석양에

햇볕 한쪽이 그립고
따뜻한 목욕물이 좋다
가지 끝에 겨우 달린 잎 하나에 눈이 가고
방금 끓인 차 한 잔에 마음이 데워지면
혼자 늙어가는 시골집에
덩그러니 남았을 지붕 위 호박이 생각나
호박 같은 사람이 떠올라
핸드폰에 저장한 번호를 누른다
신호는 가을 물처럼 흐르고……
해가 질 때까지는 닿으려나
소식 없는 그리움은

외할머니와 수레

수레를 밀고 간다
정직하게는 수레에 기대어 간다
앞에서 수레를 끌던 시절은
봄날처럼 가버렸다
왜 그랬을까
수레는 앞에서 끌어야만 하는 줄 알았다
수레를 밀고 가니 보인다
찌부러지고 벗겨지고
안쓰럽게 힘쓰던 세월이
왜 그랬을까
앞, 뒤 순서가 바뀌어도
아무 문제가 없는데
기대는 것도 사랑인데
수레에 기대어야 하는 시간도 지나가고 있다
곧 꽃수레를 타야 할 때도 오겠지
그때는 지금이 봄날이었겠다
겨울에까지 기낼 수 있으려나
수레도 길 나서기 무서울 때가 올 텐데

장모님

감포가 고향인
장모님 이름은 강○○

밥을 짓거나 마루에 앉아 쉴 때도
풋풋하거나 잘 이은 세월을 살 때도
감포 바다처럼 늘 출렁거렸어도
갯바위의 따개비처럼
딴딴히 살아왔다

요즘은 얕은 치매가 찾아와서
내가 강○○ 씨 하면
누구요 한다

더 또박또박 강○○ 씨요 하면
아, 전 서방이네 하며
감포 바다처럼 웃으신다

치매인 줄도 모른 채
햇볕 잘 드는 요양원에서

꽃이 그려진 그림책에
빨강, 파랑, 노랑색이
선 밖으로 나갈까
정말 열심히 색칠을 한다

아직 남은 정신은 이생의 해안선을
가물가물 넘어가고 있는데
장모님은 진심으로 오락가락
해안선을 넘는 정신을 잡아넣는다

착한 알츠하이머 씨

해거름에 동네 슈퍼에서
착한 알츠하이머 씨를 만나면 뭐라 말할까
안녕이라 하긴 그렇고
그냥 모른 체는 더 그렇고

여태 혼자 외롭게 살았지만
착한 알츠하이머 씨를 만난 후로
기억이 쌓여가는 나보다
기억이 지워져 가는 당신은 더 행복하다

며느리를 아줌마라 부르며 곱다 며느리 삼자하고
골목에 나서면 여기가 어디야 또 오고 싶다 하고
화를 내어도 조용히 웃기만 하고……
결국 자신의 생애마저 잊어버리고

해거름에 동네 슈퍼에서
착한 알츠하이머 씨를 만나면 뭐라 말할까
고맙다 하긴 그렇고
그냥 모른 체는 더 그렇고

무엇을 빌까

콧줄을 달고
대소변을 맡기고
기억은 자주 가출 혹은 출가

병원비는 물을 움켜잡은 듯하고
낮과 밤의 경계도 없이 병원에
누워 있는 당신을 위해 기도하며

당신의 생명을 빌까
죽음을 빌까

하루에도 몇 번씩 오락가락

나는 생명을 빌까
죽음을 빌까

면회

손 한 번 잡아보자
— 어르신, 안 돼요

손도 한 번 못 잡나
— 엄마, 엄마를 위해서야

그렇나
코로나가 끝나지 않으면
그 전에 내 생이 먼저 끝나면

가슴을 후빌 후회가 남을까
유리문에 맞대지 말고

내 야윈 외로움이
네 마음을 만져보게

손 한 번 잡아보자

슬픔과 그리움에 함께 하는

바람이 꽉 찬 공을
강 깊숙한 곳에 눌러 놓는다
공은 금방 쑥 올라온다

다시 우겨 집어넣는다
소용이 없다

공과 함께 강물 속에 있지 않으면
아무 소용이 없다

처음부터 구멍 난 공에 바람을 불거나
세월 지나며 스스로 구멍을 내지 않는 한

슬픔이 그렇고
그리움이 그렇다

슬픔과 그리움에 함께 하는 것은
죽음만큼 힘이 드는 것이다

마지막 당부

내 떠나기 전에는
울지 말아라

내 떠난 후
문득문득
울 날이 있을 거다

빵집에 들렀다가
꽃집을 지나다가
불 꺼진 현관문을 열다가
여행 가방을 싸다가
청첩장을 받다가

그러니 눈물은 아껴두어라

이별을 두고 울지 않겠다
다짐할 일이냐 마는
그래도 눈물은 아껴두어라

기도를 하다가
서랍을 열다가
셀카를 찍다가
이불 끝을 당기다가
김치찌개를 끓이다가

문득문득 울어야 하지 않겠니
그래야 살지 않겠니

내 떠나기 전에는
울지 말아라

뒷모습 영정사진

갑자기 돌아가셔서
영정으로 쓸 사진이 마땅찮다

곡절 많던 생의 끝자리처럼
야윈 삶이 자글자글한 사진이 아니라

어렵게 찾은, 평화롭게 저무는
꽃에 둘러싸여 웃고 있으니
죽어서까지 삶을 속이는 것인가

정면으로 손님을 맞는 사진 속 주인은
혼자서 가는 마지막 길
찾아온 손님과 서로 실컷 보고
가라는 뜻을 모르진 않지만

절벽을 품은 꽃 같은
자신의 죽음을 정면으로 웃고 있는 모습은
암만해도 불편하다

이제 세상을 뒤돌아 가듯이
마지막 사진은 뒷모습이면 좋으련만

그래야 잘 가시라
차마 인사하지

영결 永訣

1

세상 여느 사람들이 가는 길로
당신은 가셨습니다
꼭 그 길이어야 하는지 물어보면
그 길밖에 없다 합니다
우리는 슬픔의 벽에 닿았고
당신은 천국의 문을 향하였습니다
우리의 눈물과 회한은 멈추지 않고
당신의 걸음도 멈추지 않습니다
뒤돌아보지 마십시오
두렵습니다
우리의 눈물을 볼까
눈물을 흘리는 당신의
눈을 마주할까

2

마지막은
냉동고에서 꽁꽁 얼었다가
모든 몸 꼭꼭 묶여
모든 회한과 그리움도 꼭꼭 묶여
모든 과거와 미래도 꼭꼭 묶여
땅속에 들어가거나
불 속에 들어가거나
그래도 몰라
썩지도 타지도 않는 것이 있을지
그렇지 않다면
누가 죽을 수 있을까

벌초 이야기

일흔에 이른 사람들이
예초기를 메고
산소를 정리한다
하고 나면 팔이 떨려 숟가락을 못 든다
그런데도 이제 그만 돈을 주고 맡기자
이 말을 하기 무지 어렵다
혹시나 무덤 속 부모님이
자식의 발소리, 숨소리를 기다리실까 봐
뭐 그렇기야 하겠나 해도
남에게 맡기지 못 한다
지금 부모님께 할 수 있는 일이
내 손으로 벌초하고 술 한 잔 올리는 정도라서
일흔이 된 사람들이 예초기를 멘다
예초기를 멜 줄도 모르고
이해도 못 하는 자식들의 무관심을
예초기 소리에 묻고
봉분을 다칠까 마음을 다한다
다시 죽음은 잊혀지고
무덤의 풀들은 어지럽겠지…….

회한

느티나무 그늘에 앉았습니다
느티나무에게 말합니다
참 편안하고 좋습니다

당신 그늘에서도 그랬습니다
참 편안하고 좋았는데
말하지 못했습니다

느티나무에게는 한 말을
당신에게는
왜 말하지 못했을까요

느티나무 그늘보다 짙은 그늘이
옹이로 남았습니다

뻐꾹 뻐꾹

먼저 내려가거라
난 할머니 집에서
뻐꾸기 소리와 더 있다 갈게

뻐꾹 뻐꾹
– 오랜만이구나
– 건강하구나

반가워하는 저 새소리가
나는 와 슬플까
모를 일이다

당신 생전에 잠깐 들렀다
돌아가는 아들을 오래 배웅하던 당신처럼

뻐꾹 뻐꾹
산을 내려가지 못한다

해설

자연을 닮은 사람들과 함께
황홀함을 찾는 방법
― 전병석의 시 세계

권 온(문학평론가)

전병석의 이번 시집을 대표하는 핵심 요소로는 '자연'과 '인간'을 꼽을 수 있다. 그의 시에 등장하는 '자연'은 꽃, 나무, 숲, 산 등으로 구체화된다. 시인의 시에 제시되는 '인간'은 은행, 학교, 도서관, 초원, 바닷가, 병원 등 다양한 장소 또는 공간과 연결된다. 그의 작품 세계를 구성하는 2개의 축으로서의 자연과 인간은 각각 독립적인 역할을 담당하고 대조적인 입장을 취하는 동시에 서로 조화를 이루며 소통한다는 점에서 매력적이다.

전병석은 시의 본질을 잘 파악하고 있다. 그는 '반복'을 활용하여 '운율' 또는 '리듬'을 극대화한다. 또한 '상상력'을 적극적으로 도입하여 시 세계를 확장하고 심화한다. 그는 〈바보들의 행진〉과 같은 '영화'를 시의 자양분으로서 흡수한다. 시인은 "부끄러움"을 외면하지 않고 '반성'과 '성찰'을 실천하며 삶의 본질에 근접한다. 그는 단순한 구도 속에서 '여운'이나 '여백'을 남기는 시를 제공함으로써 현대시의 경쟁력을 높인다.

> 화본역 대합실에 앉았다
> 떠남의 설렘이나
> 마중의 기쁨은 없다
>
> 기차를 타지 않으면서
> 기차를 기다리는 사람들은
> 아이스 아메리카노를 마신다
>
> (……)
>
> 서울처럼 기차에 실려 가던
> 그 절절한 희망과 꿈은
> 어디에서 타는지
>
> 전쟁처럼 기차에 실려 오던
> 그 많은 눈물과 그리움은
> 어디에서 내리는지
>
> (……)
>
> 어떻게 기다릴꺼 미지막 기차
> 화본역은 카메라를 든 사람들처럼
> 아메리카노를 마시지 않는다
>
> ―「화본역」 부분

"화본역花本驛"은 경상북도 군위군 산성면 화본리에 위치한 중앙선의 역으로서 '가장 아름다운 간이역'으로 뽑히기도 하였다. '화본역'은 '간이역簡易驛' 곧 일반 역과는 달리 역무원이 없고 정차만 하는 역에 속한다. 화본역에서는 "떠남의 설렘이나/ 마중의 기쁨"을 경험하기가 쉽지 않다. 간이역을 방문하는 이들은 일반적으로 "기차를 타지 않으면서/ 기차를 기다리는 사람들"이기 때문이다. 우리는 기차를 타거나 내리면서 또는 기다리면서 "희망"이나 "꿈" "눈물"이나 "그리움" "슬픔"이나 "진심" 등 삶의 희로애락을 마음껏 경험한다. 전병석은 이번 시집의 '표제시標題詩'에 해당하는 이 시에서 "떠남"과 "마중", '가다'와 '오다' '타다'와 '내리다' '마신다'와 '마시지 않는다' 등 일련의 '대비對比'를 구사함으로써 '조화'와 '중용'의 시학詩學을 실천한다.

　　　오는 길이 환한
　　　용연사 가는 오래된 길 따라

　　　벚꽃은 한 송이 한 송이
　　　힘을 다해 피어나

　　　한 잎 한 잎
　　　진심을 다해 떨어진다

　　　바람을 기다려 보면 벚꽃은

오히려 떨어질 때 더 진심이다

기억해보라 사랑 같은
절정에서 떨어졌던 모든 것은

정말 진심이지 않았던가
그래서 황홀하지 않았던가

오는 길이 환한
용연사 가는 오래된 길 따라
　　　　　　　　　—「용연사 가는 길 따라」 전문

　이 시를 읽는다는 것은 '반복'을 경험하는 일과 다르지
않을 테다. 7개의 연으로 구성된 이 작품의 1연과 7연은
동일하다. 곧 "오는 길이 환한/ 용연사 가는 오래된 길
따라"라는 어구는 이 시의 서두와 마무리를 동일한 형식
의 반복으로서 구성한다. '용연사'로 향하려면 "오래된
길"을 걸어야 한다. '오래된 길'은 용연사에 깊고 그윽한
시간 또는 세월이 배어 있음을 뜻한다. 용연사에서의 체
험 또는 경험은 더없이 소중하고 고귀한 것이기에 그곳
을 방문한 뒤의 "오는 길이 환한" 것은 자연스럽다. 전병
석은 용연사의 본질을 "벚꽃"에서 찾는다. '벚꽃'의 특별
함은 "한 송이 한 송이"나 "한 잎 한 잎" 같은 반복의 형
식으로서 이루어진다. "힘을 다해 피어나"는 벚꽃, "진심
을 다해 떨어"지는 벚꽃과 마주하는 일은 감동의 순간을

기록하는 것과 다르지 않다. 특히 시인은 '피어나는 꽃'이 아닌 '떨어지는 꽃'에 주목하면서 "진심" "사랑" "절정" "황홀" 등을 이야기한다. 그에 의하면 "떨어진다" "떨어질 때" "떨어졌던" 등 '떨어지다' 계열의 3회 반복은 '진심'의 2회 반복과 연결된다. 요컨대 전병석은 이 시에서 '절정'에서의 '낙하'를 '사랑'의 '진심'으로 해석하면서 반복의 미학을 완성한다.

> 햇살이나 함박눈
> 안개비가 내리는 날이 아니어도
>
> 바람에 흔들리는 나무의 풍경은
> 황홀하다, 깊게
>
> 숲이 파도처럼 출렁일 때는
> 전율한다, 아득히
>
> 왜 몰랐을까
> 헤아릴 수 없는 바람 앞에서
> 미동도 안으려 버렸던 사람아
>
> 바람 앞에서는
> 나무처럼 숲처럼
> 흔들려야 하는 것을

바람 앞에서는
출렁거리는 모든 것이
황홀한 전율인 것을

—「나무처럼 숲처럼」 전문

　시인이 주목하는 대상은 "나무" 또는 "숲"이다. 그가 "나무처럼 숲처럼" 살고자 하는 이유는 무엇일까. 전병석은 "바람에 흔들리는 나무의 풍경" 앞에서 "황홀"을 경험하고, "숲이 파도처럼 출렁일 때" "전율"을 체험하였다. 곧 시인은 '나무'나 '숲'의 '흔들림' 또는 '출렁임' 앞에서 '황홀'이나 '전율'과 같은 극적인 순간을 만났다. 나무나 숲이 자연스럽게 흔들리거나 출렁일 수 있었던 이유는 "바람"에 순응하였기 때문이다. 나무나 숲과는 달리 "사람"은 "바람 앞에서/ 미동도 안으려 버렸"다. 사람의 태도는 '자연스러움'과는 거리가 멀다. 그것은 인위적이고 인공적이며 부자연스러운 자세이다. 우리는 이 시를 읽으며 '나무' '숲' '바람'과 관련된 "깊게" "아득히" "헤아릴 수 없는" 등의 표현에 내재하는 삶의 본질과 가치를 알아야겠다. 곧 인간의 삶은 자연의 방식을 닮아야 할 것이다.

　부러워했었다
　평일 대낮에 산속을 걷는 사람들은
　전생에 무슨 공덕을 쌓았나

늦게 알았다 형이 아프고 산에 가면서
평일의 산은 아픈 사람들의 피난처임을
산은 병病에게 묻지 않는다
몸이, 마음이 어떻게 아픈지
학벌은 어떤지 어느 동네에서 사는지
무슨 일을 하며 밥을 먹어왔는지
그냥 받아주고 동행이 될 뿐이다
밥때가 되어 배낭에 지고 온
맛깔스러운 병을 꺼내 놓으면
내께 니 꺼고 니께 내 꺼다
다시 웃으며 걸어도 여기저기
비 그친 후의 독버섯 같은 병들
다 이해도, 품을 수도 없지만
산은 병을 묻지 않는다
함께 걸을 뿐이다
　　　　　　　　—「팔공산은 묻지 않는다」 전문

　　바쁜 일상을 살아가는 현대인들에게 "평일 대낮에 산
속을 걷는 사람들은" 부러움의 대상일 수 있다. 전병석
이 "전생에 무슨 공덕을 쌓았나"라는 의문을 품는 이유
역시 이와 연결된다. 그러나 이와 같은 '부러움' 또는 '의
문'은 오해에서 기인한 것이었다. 시인은 몸이 아픈 형과
함께 산에 오르면서 "평일의 산은 아픈 사람들의 피난처
임을" 깨닫게 되었기 때문이다. 그가 파악한 '산'의 긴요
한 가치는 그것이 '아픈 사람들' 또는 그들의 "병病에게

묻지 않는다"라는 사실과 무관하지 않다. '산'은 자신을 찾아온 이들에게 불편한 질문을 던지지 않는다. 산은 "몸"이나 "마음"의 아픔을 캐묻지 않는다. 산은 "학벌"이나 "동네"를 따지지도 않는다. 산은 '살림'이나 '생계'의 세목細目을 묻지 않는다. 산은 사람들을 "그냥 받아주고 동행이 될 뿐이다", 또한 산은 "병을 묻지 않"고, 그들과 "함께 걸을 뿐이다" 산은 아픈 이들을 수용하고 인정하며 공감한다. 이 시에서 전병석은 '아픈 사람들'이 '걷는 사람들'이었음을 뒤늦게 깨닫는다. 함께 걷는 것으로서의 시, 공존으로서의 시학이 이렇게 탄생한다.

고개를 숙이지 마라
네 목숨을 꺾는 손이 오더라도
뜻하지 않은 방향에서 바람이 불더라도
네 몸에 내린 이슬 떨어뜨리지 마라
너는 비탈에서도 반듯하게 꽃 피웠나니
그냥 지나가다 머무는 사람을 믿지 마라
그리움을 모르는 사람이다
때로 너와 아침볕으로 다투었을지라도
네 눈빛을 닮은 옆자리 꽃을 사랑하여라
적어도 그네는 그리움을 아는 사람이다
비탈 아래 저 강물은 결국 바다에 이를 것이나
야생에 남은 네 그리움은 언제 하늘에 닿을까
　　　　　　　　　　　　　　　 ─「야생 나팔꽃」 전문

시인이 집중하는 대상은 "나팔꽃"이다. 그는 '나팔꽃'에게 조언자로서 다가선다. 전병석은 "고개를 숙이지 마라" "네 몸에 내린 이슬 떨어뜨리지 마라" "그냥 지나가다 머무는 사람을 믿지 마라" "네 눈빛을 닮은 옆자리 꽃을 사랑하여라" 등의 다양한 제안을 나팔꽃에게 제공한다. 시인은 나팔꽃에게 스스로의 본질에 충실할 것을 제안한다. 또한 그는 나팔꽃이 일시적인 이해관계로써 다가오는 대상이 아니라 지속적인 관심과 애정을 전달하는 대상을 선택하기를 기대한다. 전병석은 나팔꽃이 '식물'로서, '자연'으로서, '야생野生'으로서 살아갈 것을 희망한다. 이제 나팔꽃은 '사람'이자 '인간'이 된다. 독자들은 이 시를 읽으며 "그리움"과 "기다림"의 미덕을 이해하고 '강물'이 '바다'에 이르는, 있는 그대로의 삶 또는 '자연스러움'으로서의 삶에 동의할 수 있다.

은행에 가면
제일 먼저 번호표를 뽑아야 한다

그럼 나는 숫자가 되어 띵동
내 번호가 뜨기를 무심히 기다린다

번호는 차례일 뿐 어떤
의미도 없다

이런 제안은 어떨까

번호표 대신 단어표
감사, 사랑, 평화, 배려……

그럼 순간 나는
감사가 되고 사랑이 된다

기다리는 순간에도
생각하는 사람이 된다

아, 저 사람은 평화였구나
오, 저 사람은 배려였네

그런 사람들이 세상 속으로
걸어 나가는 모습을 상상해 보라

띵동 띵동
세상이 출렁이지 않겠는가
　　　　　　　　　―「어떤 인문학적 제안」 전문

　　우리는 일상의 많은 부분이 온라인on-line에서 해결되
거나 비대면非對面으로 처리되는 시대를 살아가고 있다.
"은행" 관련 업무 역시 대체로 이와 같은 시대의 흐름을
벗어나지 않는다. 그러나 그럼에도 불구하고 여진히 많
은 사람들은 소중한 시간을 할애하여 은행을 방문한다.
시인은 여기에서 은행 방문 경험을 시화詩化한다. 그는

"은행에 가"서, "번호표를 뽑"고, "내 번호가 뜨기를 무심히 기다"리는 과정을 재현한다. 전병석에 의하면 "번호는 차례일 뿐 어떤/ 의미도 없다" 그는 독자들에게 무의미한 "번호표 대신 단어표"를 제안한다. 그는 사람들에게 "숫자" 대신 "감사" "사랑" "평화" "배려" 등의 단어를 제안한다. 은행에서 "기다리는 순간"은 더 이상 '허비하는 시간'에 머무르지 않는다. 우리는 "생각하는 사람"으로서의 본질을 되찾는다. 시인은 독자들에게 '감사'로서의 사람, '사랑'으로서의 사람, '평화'로서의 사람, '배려'로서의 사람을 상상하도록 제안한다. 그는 "인문학"의 가치를 생각하고 상상하는 사람들이 넘치는 "출렁이"는, "세상"을 꿈꾸는 것이다.

(······)

코로나 상황에서 교무부장님 수고하십니다 그렇게 말씀하시니 집이 경산이지만 제가 도와드려야 할 거 같네요 다음 주 월요일 경서중 교무실로 가겠습니다

아직 이런 '주고받기'를 하는 '병태와 영자'가 있습니다 그래서 아이들은 수평선 너머로 지평선 너머로 하늘 너머로 달려갑니다 바보들을 따라 행진합니다 내가 아무리 돌같은 사람이라도 오늘은 마애불로 웃습니다
　　　　　　　　　—「시골 학교에서 강사 선생님 모시기」 부분

"시골 학교에서 강사 선생님"을 "모시"는 일은 쉽지 않
다. "먼 거리"에 위치한 '강사 선생님'에게 "중3 학생들"
이 "2주 동안 제대로 역사 수업을 못 받을 상황"에 처했
음을 호소하는 일은 어렵다. 다행스럽게도 강사 선생님
은 "경서중학교" 학생들이 처한 "절박한 상황"에 "마음
을 내주"기로 결정하였다. "코로나 상황"과 맞물린 학생
들의 학습권을 존중하려는 교육자로서의 태도가 따뜻하
다. 이 시의 클라이맥스_{climax}는 3연에 위치한다. "아이들
은 수평선 너머로 지평선 너머로 하늘 너머로 달려갑니
다"라는 진술은 암담한 현실을 뛰어넘는 '초현실超現實'을
보여준다. 곧 '아이들'의 달려감 또는 '학생들'의 행진은
"돌 같은 사람"으로서의 시적 화자 '나'를 "마애불"로 바
꾼다. 달려가고 행진하는 사람들은 더 이상 "바보들"이
아니다. 마애불의 '웃음'을 간직한 이들의 아름다운 교
감, 교류, 소통을 품은 비경秘境이 펼쳐진다.

수도관이 터져
도서관 안이 발목 정도 잠겼다

서둘러 물을 퍼내고
햇빛을 들이고
바람이 시나가게
창을 활짝 열었다

아무 일 없었던 것처럼

흔적이 사라졌다
그런 줄 알았다

며칠 지나지 않아
물을 지웠던 서가에
곰팡이가 피어났다

살아오면서 지웠다고 생각하는
부끄럽고 아픈 시간도
시간과 장소를 가리지 않고 피어난다

환영하는 사람 없는 곰팡이처럼
어떤 아픈 삶의 흔적도
다시 피어난다

우리 안의 곰팡이와의 결별을 위해
매일 창을 열고
햇빛과 바람을 들일 일이다

　　　　　　　　　　　　　　　　—「곰팡이」 전문

　전병석의 시를 읽는 일은 삶을 사유하고 성찰할 수 있
는 드문 기회를 얻는 것과 다르지 않다. 그는 "발목 정도
잠겼"던 "도서관 안"의 "물을 퍼내고" "아무 일 없었던
것처럼/ 흔적이 사라졌다"고 믿었다. 어쩌면 그렇게 믿
고 싶었는지도 모른다. 그러나 "며칠 지나지 않아/ 물을

지웠던 서가에/ 곰팡이가 피어났다" 시인은 '곰팡이'를 보며 "살아오면서 지웠다고 생각하는/ 부끄럽고 아픈 시간"을 떠올린다. '부끄러움'이나 '아픔'으로 이해할 수 있는 "삶의 흔적"은 "곰팡이처럼" "시간과 장소를 가리지 않고" 재발再發하였다. 부끄러움이나 아픔으로 점철된 삶의 흔적을, 곰팡이를 닮은 삶의 흔적을 확실히 없애려면 어떻게 해야 할까. 우리는 "매일 창을 열고/ 햇빛과 바람을 들"여야 한다. 각자에게 어울리는 햇빛과 바람을 찾아서 자신의 단점이나 약점을 없애는 훈련을 해 볼 일이다.

    내몽골 시라무런초원에서
    칭기즈칸처럼 말을 달리고 나서
    양다리를 뜯고
    52도 바이주白酒를 마시며
    이야기는 온통
    주식이다
    부동산이다
    비트코인이다
    이것들이 시라무런초원까지 따라와서
    잡초보다 무성하고
    말똥보다 뭐귀하디
    마침 날이 흐려 초원 하늘에
    별이 뜨지 않아 다행이지
    별마저 쏟아졌다면, 부끄러움

어찌할 뻔하였나

―「속물 1」 전문

이 시의 제목이기도 한 "속물俗物"은 일반적으로 교양이 없으며 식견이 좁고, 세속世俗적 이익이나 명예에만 마음이 급급한 사람을 얕잡아 이르는 말이다. 시인은 스스로를 속물로서 규정한다. 그가 속물임을 자인自認하는 이유는 어울리지 않는 상황에 노출되어 있기 때문이다. "내몽골 시라무런초원" "칭키스칸" "말馬" "양羊다리" "52도 바이주白酒" 등이 있는 그대로의 자연을 의미하는 반면 "주식" "부동산" "비트코인" 등은 현대인이 추구하는 세속적인 이익을 위한 대표적인 방법을 가리킨다. 전병석은 이와 같은 이중적인 상황에 놓인 자신을 "잡초보다 무성하고/ 말똥보다 퀴퀴하다"라고 판단한다. 그는 스스로를 "별" 아래에 노출된 '잡초' 또는 '말똥'으로서 규정하고 "부끄러움"을 피력한다. 곧 시인은 현대 사회를 살아가는 다수의 현대인이 처한 속물성俗物性을 '반성'이나 '성찰'의 매개로서의 '별'을 통해서 환기한다. 어쩌면 이 시를 읽는 독자들은 전병석의 이와 같은 솔직함이나 정직함을 긍정적으로 평가할 수 있을지도 모르겠다. 적어도 그것은 '위선僞善'과는 거리가 멀기 때문이다.

지금 행복한 저 사람도
한 걸음만 그 안으로 걸어 들어가면

캄캄한 한밤중이다

그래서 행복은
캄캄한 밤이라야 보이는
별 같은 것인지 모른다

빛은 어둠을 쫓아내어도
어둠은 빛을 빛나게 함으로
빛이 되고자 할수록
어둠은 짙어진다

이제 어둑어둑한 나이에 이르러서
알게 되었다 어떻게
어둠이 빛을 사랑하는지

왜, 빛 같은 무수한 행복한 사람은
스스로 어둠이 되었는지

— 「행복한 사람도」 전문

　시인은 어떤 사물이나 대상의 본질을 꿰뚫어보는 사람
일 수 있다. 이 시를 쓴 전병석 역시 통찰력이 뛰어난 인
물에 속한다. 그는 단순한 구도를 활용하여 삶의 지혜를
획득한다. 시인은 "행복한 서 사람"의 내면에 "캄캄한 한
밤중"이 도사리고 있음을 입증한다. 그는 "행복"을 "캄캄
한 밤이라야 보이는/ 별 같은 것"으로 이해한다. 전병석

에 의하면 "별"이나 "빛"과 같은 '행복'은 '캄캄한 밤'이나 '어둠'과 같은 배경 속에서 부각된다. 곧 행복은 불행과 대비되면서 강한 존재감을 드러낸다. 물론 그 역시 이와 같은 역설적인 원리를 처음부터 깨달았던 것은 아닐 테다. 4연의 "이제 어둑어둑한 나이에 이르러서/ 알게 되었다"라는 고백이 이를 입증한다. '세월'의 흐름 속에서, '연륜'의 획득 속에서 비로소 삶의 본질에 다가서게 되었다는 시인의 고백은 장엄하고도 숭고하다.

외로운 사람이 바닷가에 서서
수평선을 향해 외로움을 던지면
수평선을 넘지 못한 외로움은
솟아올라 섬이 된다
작은 외로움은 작은 섬으로
더 큰 외로움은 더 큰 섬으로
저 많은 다도해의 섬은 외로운
사람이 던진 외로움이다
외로움을 모르거나
외로움을 사랑하지 않는 사람은
섬과 섬 사이에 다리를 놓지만
외로움을 알거나
외로움을 사랑하는 사람은
섬과 섬 사이에 외로움을 놓는다
눈물은 눈물로 위로하듯이
외로움은 외로움만으로 건널 수 있다

다시는 건널 외로움이 없을 때
비로소 외로움은 수평선을 넘어간다

보라, 저 많은 다도해의
외로운 사람이 던진 외로움을
—「다도해」 전문

　"외로운" 시, "외로움"의 시가 있다. '외로운'이 3회 등
장하고, '외로움'이 15회 출현하는 시가 여기에 있다. "외
로운 사람"이 "다도해"와 만나면 어떻게 될까. 전병석은
'외로운 사람'의 '외로움'이 "수평선을 넘지 못"하면 "솟
아올라 섬이 된다"라는 아름다운 상상想像을 전개한다.
"저 많은 다도해의 섬은 외로운/ 사람이 던진 외로움이
다"라는 진술 역시 대단히 매력적이다. '외로움'은 '사람'
과 '섬'에 동시에 적용되는 메커니즘인 셈이다. 그가 보
기에 외로움을 대하는 사람들은 크게 2가지 부류로 구분
가능하다. 하나의 부류는 "외로움을 모르거나/ 외로움을
사랑하지 않는 사람"이고, 다른 하나의 부류는 "외로움
을 알거나/ 외로움을 사랑하는 사람"이다. 전자前者는
"섬과 섬 사이에 다리를 놓지만", 후자後者는 "섬과 섬 사
이에 외로움을 놓는다" 진심으로 외로움을 대하지 않는
이는 '다리'를 선택하지만, 진심으로 외로움을 대하는 이
는 '외로움'을 포기하지 않는다. 외로움은 '사랑'과 연결
되고 "눈물"로 이어진다. 요컨대 외로움은 인간미人間味를

높일 수 있는 필수적인 요소이다.

> 콧줄을 달고
> 대소변을 맡기고
> 기억은 자주 가출 혹은 출가
>
> 병원비는 물을 움켜잡은 듯하고
> 낮과 밤의 경계도 없이 병원에
> 누워 있는 당신을 위해 기도하며
>
> 당신의 생명을 빌까
> 죽음을 빌까
>
> 하루에도 몇 번씩 오락가락
>
> 나는 생명을 빌까
> 죽음을 빌까
>
> ―「무엇을 빌까」 전문

시적 화자 '나'가 주목하는 대상은 "당신"이다. '당신'은 지금 "병원에/ 누워 있"다. 당신은 "콧줄을 달고" 있고 "대소변을" 가리기가 어렵다. 당신에게는 "낮과 밤의 경계도" 무의미하다. 당신의 '정신'은 "하루에도 몇 번씩 오락가락"한다. 아마도 당신은 병원에서 생生의 마지막 순간을 대기하는 중일 테다. 시인에 따르면 당신의 "기억은 자주 가출"하거나 "출가" 상태에 위치한다. 당신은 오랜 거주 공간으로서의 집을 떠나서 근원을 향한 여행을 준비하고 있는 것으로 판단된다. 3연과 5연의 진술에 집중할 필요성이 제기된다. 곧 "당신의 생명을 빌까/ 죽음을 빌까"와 "나는 생명을 빌까/ 죽음을 빌까"라는 표현은 '당신'을 향한 '나'의 내밀한 마음을 보여준다. 도의적인 입장에서는 "생명"을 기원하는 게 맞으나 현실적인 입장에서는 "죽음"을 바라는 게 가능하다. 요컨대 이 시는 '생명'과 '죽음'의 아이러니를 도입하여 쉽게 말할 수 없는 삶의 진실을 이야기한다.

시집에 수록된 12편의 시를 중심으로 전병석의 시 세계를 점검하였다. 다층적이고 복합적인 그의 시 세계를 이해하려면 '인간'과 '자연'의 조화를 파악해야 한다. 또한 인간과 자연의 조화에 의한 '황홀'의 경지를 확인할 수 있다. 세네카Lucius Annaeus Seneca는 "사람이 있는 곳이라면 어디든 친절의 기회가 있다.Wherever there is a human being, there is an opportunity for a kindness."라고 이야기했다. 프랭크 로이드 라이트Frank Lloyd Wright는 "나는 신을 믿는다. 나는 오직 그것을 자연이라고 쓴다.I believe in God, only I spell it Nature."라고 언급하였다. 또한 에밀리 디킨슨Emily Dickinson은 "인생에서 황홀함을 찾아라. 생활 감각만으로도 충분히 즐겁다.Find ecstasy in life; the mere sense of living is joy enough."라고 진술하였다.

전병석은 친절한 존재로서의 인간을 다루었고, 인문학

의 가치를 믿었으며, 인간미를 포기하지 않는 사람들을 형상화하였다. 그는 신神과 같은 절대적인 대상으로서의 자연에 공감하며 이를 시로서 표현하였다. 시인은 인간과 자연의 만남에서 삶의 즐거움과 황홀함을 발견하고, 음악성이 내재하는 반복의 미학을 구현하였다. 그는 자연을 닮은 사람들이 충만한 공동체와 사회를 꿈꾸었다. 전병석이 앞으로 펼칠 시와 삶의 길이 더욱 곧게 뻗어나가기를 간절히 바란다.

황금알 시인선